Los tres chivitos Gruff

Para Henrietta y Cressida, con amor —M. F.
Para Franny y Annabelle —R. A.

Barefoot Books
3 Bow Street, 3rd Floor
Cambridge, MA 02138

Primera edición por Barefoot Books USA

Este libro ha sido impreso en papel de calidad de archivo

Este libro fue compuesto en 19 sobre 31 Windsor

Los montajes de recortes de este libro usan papel pintado y estampado. Los diseños estampados
fueron hechos con acuarela, pasteles de aceite, creyones y monoimpresiones estarcidas.

Diseño gráfico por Judy Linard, Londres
Separación de colores por Grafiscan, Verona
Impreso y encuadernado en Hong Kong por South China Printing, Co.

Publisher Cataloging-in-Publication Data

Finch, Mary.
   Los tres chivitos gruff / recontado por Mary Finch ; ilustrado
por Roberta Arenson ; traducido por Kristen Keating.
   1st Spanish ed.
   [32]p. col. Ill. ; cm
Originally published as: The Three Billy Goats Gruff, 2001
Summary: Retells the traditional tale about three billy goats
who trick a troll that lives under the bridge.
   ISBN: 1-84148-145-9
   [1. Fairy Tales. 2. FolkloreæNorway.] I. Arenson, Roberta, ill.
II. Asbjørnsen, Peter Christen, 18-12-1885. Tre bukkene Bruse.
English. III. Title
   [E]-dc21 2003 AC CIP

Los tres chivitos Gruff

Recontado por Mary Finch

Ilustrado por Roberta Arenson

Traducido por Kristen Keating

Barefoot Books
Celebrating Art and Story

Éranse una vez tres chivitos Gruff.
Había un chivito Gruff pequeño,
un chivito Gruff mediano y un
chivito Gruff grande.

Los tres chivitos Gruff vivían en un prado
y pasaban sus días comiendo hierba verde.
A un lado del prado había un río, y sobre
el río había un puente destartalado.

Al otro lado del puente destartalado había una colina, y allí la hierba era más verde y más dulce que en el prado donde vivían los chivitos Gruff.

Debajo del puente destartalado vivía un gnomo grande y peludo dentro de un hueco hondo y oscuro.

Debajo del puente estaba húmedo y frío
y eso enfurecía al gnomo. Además, él
tenía hambre.

Un día el chivito Gruff pequeño miró hacia arriba y vio que la hierba de la colina al otro lado del río parecía muy verde y muy dulce.

—Creo que me iré allá para mi próxima comida —dijo—. Entonces creceré y engordaré.

Trip, trap, trip, trap iban las patas del chivito Gruff pequeño mientras cruzaba el puente destartalado.

El gnomo grande y peludo se despertó de repente.

—¿Quién está cruzando mi puente? —vociferó.

—Soy yo —dijo el chivito Gruff pequeño—.
Estoy cruzando el puente para comer la hierba
al otro lado del río.

—Pues no lo vas a hacer —dijo el gnomo
grande y peludo. Y cantó:

> "Soy el gnomo del hueco oscuro;
>
> mi barriga está vacía.
>
> Y si pasas por aquí,
>
> con gusto te comería".

—Ay, no hagas eso —dijo el chivito Gruff
pequeño—. Soy muy chiquito, no serviría para
la cena. Espera a mi hermano; él es más grande.
    Y trotó sobre el puente destartalado hasta
llegar al otro lado.

Justo entonces, el chivito Gruff mediano miró
hacia arriba y también vio que la hierba al otro
lado del río se veía muy verde y muy dulce.

—Creo que me iré allá para mi próxima comida
—dijo—. Entonces creceré y engordaré.

Trip, trap, trip, trap
iban las patas del
chivito Gruff mediano
mientras cruzaba el
puente destartalado.

—¿Quién está cruzando mi puente? —vociferó el gnomo grande y peludo.

—Soy yo —dijo el chivito Gruff mediano—. Estoy cruzando el puente para comer la hierba al otro lado del río.

—Pues no lo vas a hacer —dijo el gnomo grande y peludo. Y cantó:

"Soy el gnomo del hueco oscuro;

mi barriga está vacía.

Y si pasas por aquí,

con gusto te comería".

—Ay, no hagas eso —dijo el chivito Gruff
mediano—. Soy muy chiquito, no serviría para
la cena. Espera a mi hermano; él es más grande.

Y trotó sobre el puente destartalado hasta
llegar al otro lado.

Justo entonces el chivito Gruff grande miró hacia arriba y también vio que la hierba al otro lado del río se veía muy verde y muy dulce.

—Creo que me iré allá para mi próxima comida —dijo—. Entonces creceré y engordaré.

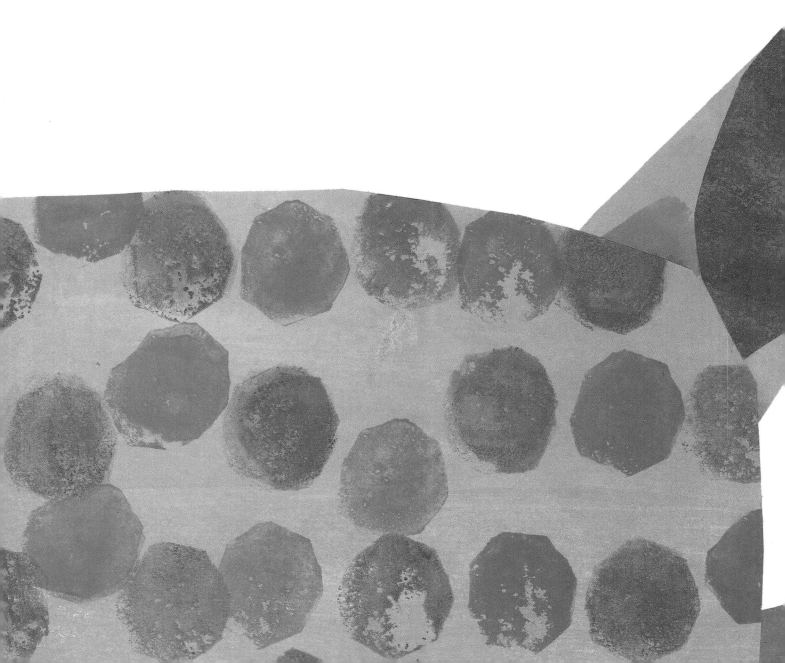

Trip, trap, trip, trap iban las patas del chivito Gruff grande mientras cruzaba el puente destartalado.

—¿Quién está cruzando mi puente? —vociferó el gnomo grande y peludo.

—Soy yo —dijo el chivito Gruff grande—. Estoy cruzando el puente para comer la hierba al otro lado del río.

—Pues no lo vas a hacer —dijo el gnomo grande y peludo. Y cantó:

"Soy el gnomo del hueco oscuro;
mi barriga está vacía.
Y si pasas por aquí,
con gusto te comería".

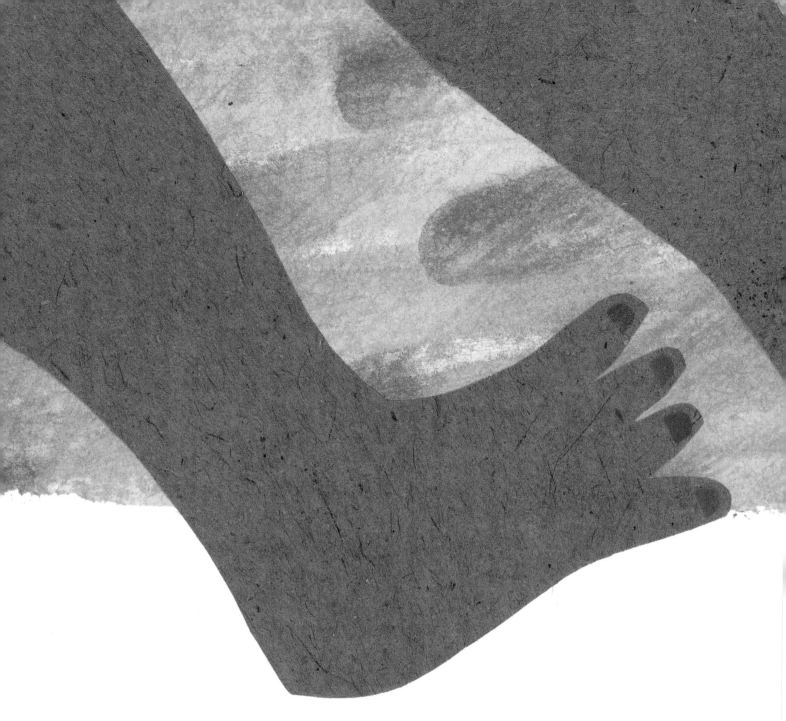

El chivito Gruff grande se detuvo. Sus rodillas y sus patas temblaban, *cric, crac, cric, crac,* sobre el puente destartalado. Pero de pronto recobró su valor.

—Me parece que no lo vas a hacer —dijo. Y levantó las patas y le dio una patada al gnomo que lo mandó al país de irás y no volverás.

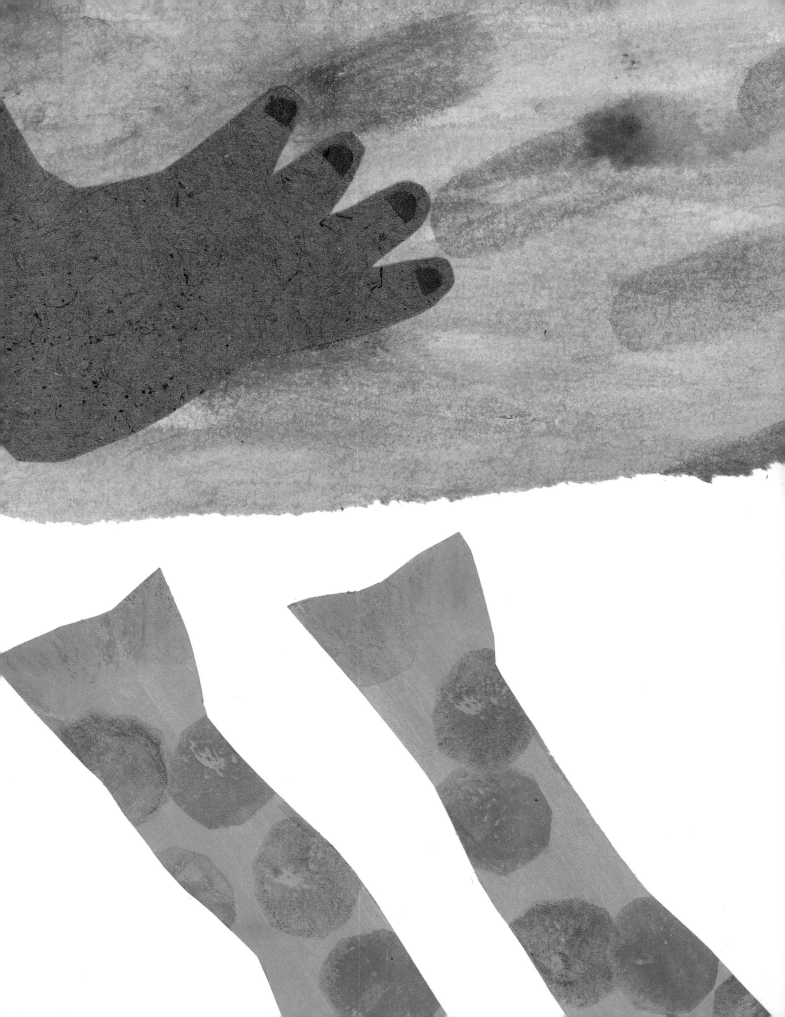

Entonces el chivito Gruff grande trotó sobre el puente destartalado para unirse con sus hermanos al otro lado de la colina.

Y en cuanto al gnomo grande y peludo, me da alegría decirte que no lo volvieron a ver jamás y nunca más.